ISBN : 978-2-84965-457-6

éDitiOns Asuka
Secret girl
Ako Shimaki
2

# Sommaire

ITÔ ! ITÔ ! DIS-MOI QUE TU M'AIMES !
IDIOTE ! ME FAIS PAS DIRE DES TRUCS AUSSI CRAIGNOS !

Secret
girl

Secret girl

# Personnages et histoire

Lycéenne depuis le printemps, Momoko vit dans un internat pour garçons, contrainte et forcée par sa mère qui l'a obligée de prendre la place de son frère jumeau qui a fugué. Bien entendu, si jamais cela se sait, la jeune fille sera irrémédiablement renvoyée de cet établissement de prestige... Cheveux coupés et poitrine bandée, Momoko tache de faire de son mieux pour faire illusion, mais Itô, son compagnon de chambre, finit par découvrir le pot aux roses ! Attirée par sa gentillesse, Momoko tombe finalement sous le charme du jeune homme.

Mais la vie à l'internat est loin d'être simple ! De la déclaration d'amour de Saeki qui a de lourds soupçons sur l'identité réelle de la jeune fille au retour de son fugueur de frère, l'histoire d'amour de Momoko et d'Itô est parsemée d'embûches ! Surmontant chaque obstacle, ils choisissent pourtant de rester ensemble, seulement...

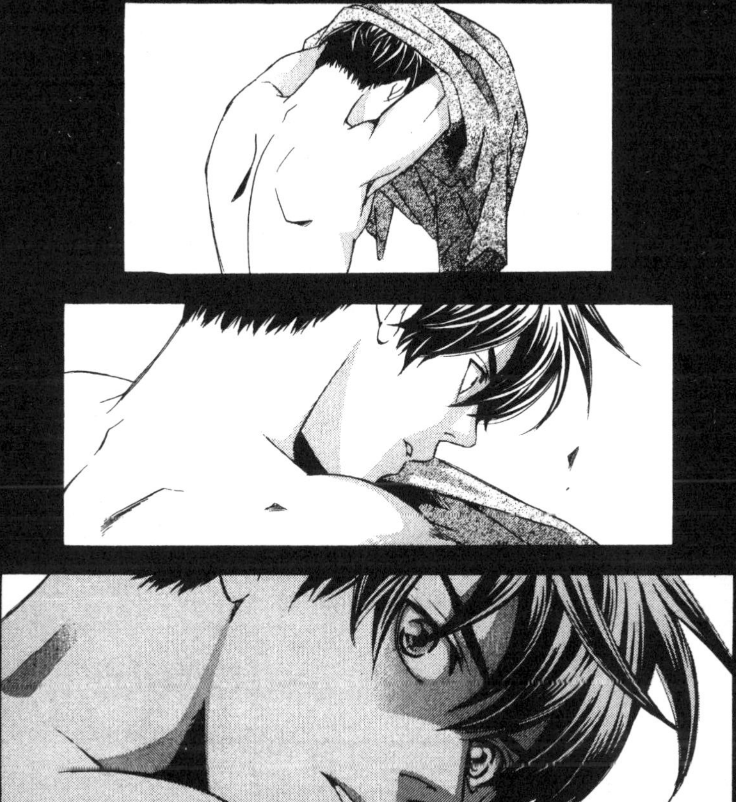

がばっ
VLAM
DIS, ITÔ...
JE ... T'AI FAIT PEUR ?
OUAIS ...

HÉ HÉ
OUAIS !! C'ÉTAIT PAS FACILE D'APPROCHER SANS FAIRE DE BRUIT !
ON A DU JUS DE FRUIT ? J'AI SUPER SOIF !
...
ÇA NE TE GÊNE PAS ?
QUOI DONC ?
BAH ... QU'UN GARÇON SE BALADE TORSE NU DEVANT TOI !
LA PREMIÈRE FOIS QUE TU ES VENUE, T'AVAIS POURTANT L'AIR EMBARRASSÉ, NON ?

C'EST VRAI ! MAIS MAINTENANT, ÇA VA !
JE M'Y SUIS HABITUÉE !
T'ES HABITUÉE ?
BAH, JE NE SUIS ENTOURÉE QUE DE GARÇONS TOUTE LA JOURNÉE !
ALORS, ON FINIT PAR S'Y FAIRE !
GARÇONS
ET PUIS, DEPUIS TOUTE PETITE, J'AI SOUVENT VU MON FRÈRE SE BALADER TOUT NU !
TU SAIS PAS OÙ EST MON CALEÇON, MOMOKO ?!
SST
SST
NAN !
Y A AUCUN PROBLÈME DE TOUTE FAÇON ! TOUS LES GARÇONS SONT FAITS PAREILS !
COMMENT ÇA, "PAREILS" ?

MAIS, MON CORPS À MOI, C'EST DIFFÉRENT QUAND MÊME... NON ?
ÇA DEVRAIT PAS TE FAIRE LE MÊME EFFET !
NON, ÇA VA ! TU PEUX TE DÉSHABILLER QUAND TU VEUX !
TAC
AH... BON...
TULULUT
AH ! C'EST UN MAIL DE CHIE !
HEIN ? QUOI ? "NOUS N'AVONS FAIT QU'UN TOUS LES DEUX !"
OUAAH, QU'EST-CE QUE C'EST... ?

...
15:24
設定

AU FAIT, À PARTIR DE DEMAIN, JE VAIS RENTRER PLUS TARD LE SOIR.
ON M'A DEMANDÉ D'AIDER AU CLUB DE SPORT.
...
TU M'ÉCOUTES ?
EH !
AH !
BLOUP
BLOUP
BLOUP
HEIN... AH...
AAH, MAIS QU'EST-CE QUE TU FICHES ?!
DÉSOLÉE ...
DÉPÊCHE-TOI AU LIEU DE FAIRE LE MÉNAGE !
FUU

QU'EST-CE QU'ELLE A TOUT À COUP ?
JE FERAIS PEUT-ÊTRE MIEUX DE LUI RÉPONDRE ?
FUUUUU
ÇA M'A SURPRISE !
"NOUS N'AVONS FAIT QU'UN", ÇA VEUT BIEN DIRE CE QUE JE PENSE ?
MAIS QU'EST-CE QUE JE PEUX BIEN RÉPONDRE À ÇA ?
OUAAH ! CHIE EST ADULTE MAINTENANT !
BAH...

J'AI LES JOUES EN FEU ...
ÇA NE NOUS CONCERNE PAS, ITÔ ET MOI...
J'AI DU TEMPS LIBRE.
ITÔ EST OCCUPÉ PAR SON CLUB. QU'EST-CE QUE JE POURRAIS BIEN FAIRE ?
LE MAIL D'HIER M'A RENDUE NERVEUSE MAIS...
IL EST LÀ.
MÊME EN TENUE DE SPORT, IL EST BEAU.
ÇA VA MIEUX MAINTENANT.
TAKANASHI !

ÇA NE ME FAIT RIEN DE VOIR UN GARÇON NU…
OU…
…
GYAA !!
UN HOMME NU ! UN HOMME NU !
DÉSOLÉ, JE T'AI FAIT PEUR ?
AH !
HEIN ?

UN MANNEQUIN…
NOUS L'AVONS UTILISÉ EN COURS. JE LE RAMENAIS EN SALLE DE SCIENCES.
POH
AVOIR PEUR DE ÇA… C'EST SI MIGNON !
HUM
NON, CE N'EST PAS…
PAS DU TOUT…
NII
TAC
SI UN JOUR, TU AS DES PROBLÈMES, VIENS M'EN PARLER !
ET NE DIS RIEN À ITÔ !

JE T'ATTENDRAI !
JE NE POURRAI JAMAIS ME CONFIER À LUI ET ME TAIRE DEVANT ITÔ...
MERCI ...
FINALEMENT, JE DOIS ÊTRE ENCORE UN PEU SUR LES NERFS POUR AVOIR PEUR D'UN SIMPLE MANNEQUIN ...
OH, TAKA-NASHI !
ON VA SE REGARDER UN DVD EN RENTRANT, ÇA TE DIT ?
UN DVD ?
ITÔ EST AU CLUB, T'AS UN PEU DE TEMPS, NAN ?
UN FILM ?
ÇA M'AIDERA PEUT-ÊTRE À ME CHANGER LES IDÉES ?
OUI ...
ALLONS-Y, ALORS !
HOP
よ～い。

VLAM
JE DOIS Y ALLER !
DÉJÀ ? C'EST MÊME PAS ENCORE FINI !
ÇA M'SUF-FIT !!
BATAM
ぱたん
AH ?
ÇA L'A PEUT-ÊTRE UN PEU TROP EXCITÉ ?
HAAN
JE CROIS PAS, NON...

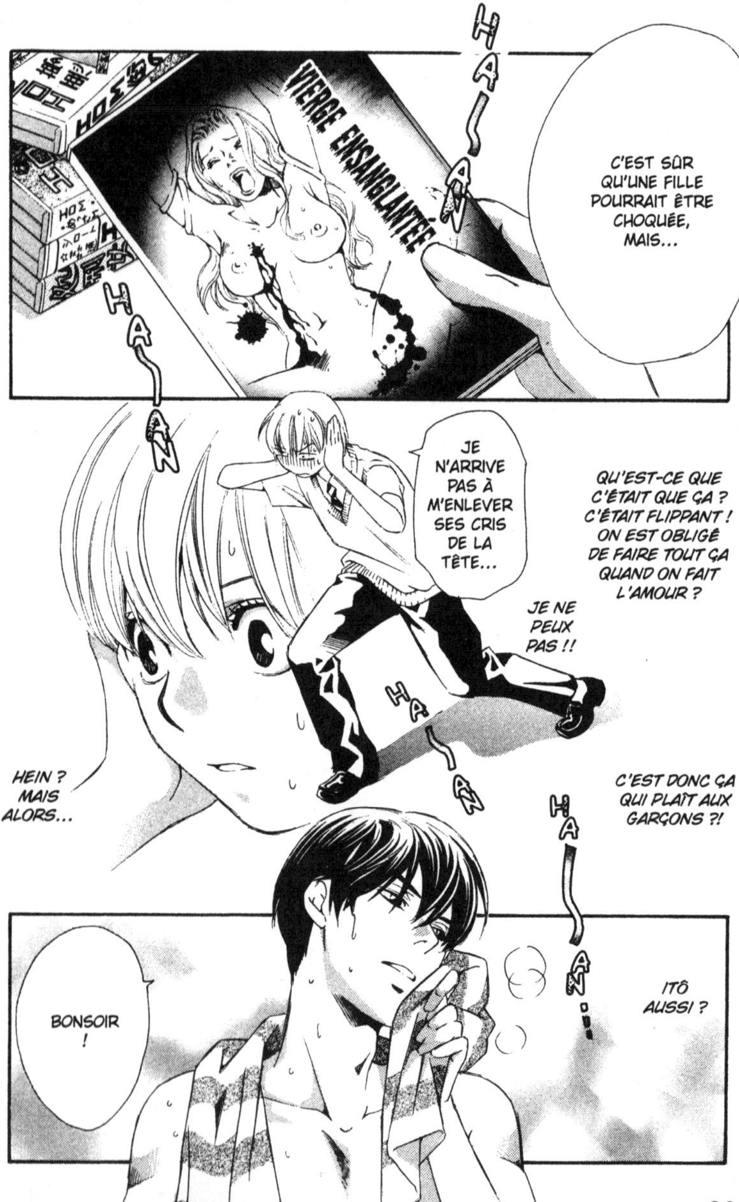
HA~AN
C'EST SÛR QU'UNE FILLE POURRAIT ÊTRE CHOQUÉE, MAIS...
VIERGE ENSANGLANTÉE
HA~AN
QU'EST-CE QUE C'ÉTAIT QUE ÇA ? C'ÉTAIT FLIPPANT ! ON EST OBLIGÉ DE FAIRE TOUT ÇA QUAND ON FAIT L'AMOUR ?
JE N'ARRIVE PAS À M'ENLEVER SES CRIS DE LA TÊTE...
JE NE PEUX PAS !!
HA~AN
C'EST DONC ÇA QUI PLAÎT AUX GARÇONS ?!
HEIN ? MAIS ALORS...
HA~AN...
ITÔ AUSSI ?
BONSOIR !

...
SALUT !
OUAH ! T'ES DÉJÀ EN TRAIN DE FAIRE TES DEVOIRS ?
QU'EST-CE QU'IL Y A ?
R... RIEN...
...
L'EXO N'EST PAS SIMPLE...
JE DOIS ME LIBÉRER DE MES DÉSIRS
GSH
TU VEUX QUE JE T'EXPLIQUE ?
NON, ÇA VA...
...

BABOM
MAIS, TU N'AS PAS DU TOUT AVANCÉ !
...
QU'EST-CE QUE J'AI ?
ÇA ME BRÛLE TOUT LE LONG DU CÔTÉ DROIT...
Y A QUELQUE CHOSE QUI TE TRACASSE ?

HEIN ?
TU ES BIZARRE CES TEMPS-CI.
JE M'INQUIÈTE POUR TOI ...
ITÔ...

S'IL Y A
QUELQUE CHOSE,
DIS-LE MOI.
IL
EST SI
GENTIL
...

JE ME SENS PLUS LÉGÈRE...
HM...
SI NOUS CONTINUONS ...
C'EST TELLEMENT BON...
ALORS ?
TOC

...
MAIL
6/15 15:23
(*^O^*)/
NOUS N'AVONS FAIT QU'UN TOUS LES DEUX !
VIERGE ENSANGLANTÉE
N...

VLAM
NOON !!
HEIN ?
AH !
DÉ... DÉSOLÉE, JE NE ME SENS PAS BIEN...
IL VAUT MIEUX QUE J'AILLE ME COUCHER ...
T'AS ENVIE DE DORMIR ? MAIS IL N'EST QUE 19H !
J... JE SUIS FATIGUÉE.
... ?
TCHAC
AH !!

QU'EST-CE QUE TU ME CACHES ?
HEIN ?
DIS-LE MOI !
OU ALORS TU NE VEUX PLUS TE CONFIER À MOI ?
CE N'EST PAS ÇA !
CE N'EST PAS ÇA, MAIS...
MAIS...
ÇA...

TAKA-NASHI ?
QUAND JE REGARDE ITÔ...
JE ME SENS BIZARRE...
JE NE PEUX PAS LUI DIRE !!
C'EST BON ! JE NE SUIS PLUS UNE GAMINE !
ARRÊTE DE TE MÊLER SANS ARRÊT DE MES AFFAIRES !
ÇA NE TE REGARDE PAS !!
MAIS EN MÊME TEMPS...
...
DÉSOLÉ !
LÂCHE-MOI MAINTENANT ...
J'AI AUSSI TRÈS PEUR...

OÙ TU VAS ?
ÇA NE TE REGARDE PAS QUE JE SACHE !
CE...
C'EST VRAI ...
QU'EST-CE QUE JE DOIS FAIRE ?
AH...
FAIS COMME TU VEUX !

BATAM
JE N'Y COMPRENDS RIEN.
QUEL TEMPS J'AI FAIT ?
MAIS JE NE PEUX PAS RESTER COMME ÇA SANS TROUVER DE SOLUTION.
IL A L'AIR DE BIEN S'AMUSER.
TU LU LU LUT
IL VA FINIR PAR ME DÉTESTER...
TAP
ALLÔ ?
JE NE VEUX PAS QUE ÇA ARRIVE !
MOMOKO ? ÇA FAIT LONGTEMPS !
TU AS LU MON MAIL ? J'ATTENDAIS QUE TU ME RÉPONDES !
MAIS JE NE SAIS PAS QUOI FAIRE...
...
MOMOKO ? EH OH !

TU M'ÉCOUTES ?
J'AI BESOIN D'AIDE...
OUH...
AH, DÉSOLÉE DE T'AVOIR ENVOYÉ UN MAIL BIZARRE !
ぽた PLOC
ぽた PLOC
ぽた PLOC
C'EST PAS DE TA FAUTE, CHIE... OUH...
MAIS... JE NE SAIS PLUS QUOI FAIRE... OUH...
ET IL N'Y A PAS UNE SEULE FILLE À QUI TU POUVAIS EN PARLER ?
T'ES OÙ D'AILLEURS ?
OUH...
EH BIEN... C'EST UN PEU COMPLIQUÉ...
OUH...
NE PLEURE PAS, MOMOKO.
OUH...
OUH...
OUH...
JE CONNAIS LA SOLUTION À CE GENRE DE PROBLÈME.
QU'EST-CE QU'IL FOUT ?
AH ? C'EST QUOI ?
OUH...

IL FAUT QUE TU TE FASSES LA MAIN AVEC QUELQU'UN D'AUTRE !
…
HEIN ?!
IL SUFFIT QU'IL SE DÉSHABILLE…
ET QU'IL TE LAISSE ESSAYER DIFFÉRENTES CHOSES !
COMMENT ÇA ?
"ME FAIRE LA MAIN" ?
POUR T'HABITUER !
AVEC QUELQU'UN D'AUTRE, TU NE SERAS PAS AUSSI NERVEUSE !
TAP
T'INQUIÈTE PAS !
IL Y A BIEN QUELQU'UN QUI POURRAIT FAIRE ÇA POUR TOI, NON ?

UNE PERSONNE À QUI TU PUISSES TE CONFIER LIBREMENT ...
QU'EST-CE QU'IL Y A, TAKANASHI ?
PLOC

T'AS L'AIR EN COLÈRE. SI TU NE TE SENS PAS BIEN, ON ARRÊTE POUR AUJOURD'HUI, SI TU VEUX ?
JE ME SENS TRÈS BIEN ! ALLEZ, ENCORE UNE FOIS !
FAIT CHAUD !
DÉSOLÉ D'ÊTRE À LA BOURRE !
EN COLÈRE
QU'EST-CE QUE T'AS PICHU ?
EN VENANT, J'AI CROISÉ TAKANASHI EN TRAIN DE CHIALER DANS LES COULOIRS !
AHAHA !
QUOI ? ET TU L'AS LAISSÉ COMME ÇA ?
FALLAIT VOIR ÇA !
FAIT CHIER !

BEN, SAEKI EST VENU LE CONSOLER.
ET PUIS, ILS SONT PARTIS TOUS LES DEUX.
OÙ ÇA ?
AUCUNE IDÉE !
TAC
TIENS ? AU FAIT, ITÔ, C'EST TON CAMARADE DE CHAM...

FIUU
QUELLE VITESSE !!
SAEKI ...
JE LUI AI POURTANT DIT DE NE PLUS L'APPROCHER !
TAP
S'IL S'EN PREND À TAKANASHI ...

ÇA NE VA PAS SE PASSER COMME ÇA !

TAKANASHI ? C'EST QUI ?
JE NE L'AI PAS VU !
OÙ EST-CE QU'ILS SONT PASSÉS ?!

TAKA-NASHI ?
AAH, MAINTENANT QUE J'Y PENSE...
OÙ IL EST ?!
DANS LA SALLE DU FOND...
JE CROIS...
ダ DASH
MERCI !
QUELLE VITESSE !

TAKANA...

AU MOINS, TOI, JE N'AI PAS PEUR D'ÊTRE DANS TES BRAS !
... ?

CHIE DIT QUE C'EST NATUREL DE NE FAIRE QU'UN AVEC LA PERSONNE QU'ON AIME, MAIS...
EN PLUS, J'AURAIS HONTE DE ME MONTRER COMME ÇA ...
DEVANT CELUI QUE J'AIME !
J'Y ARRIVERAI PEUT-ÊTRE AVEC LE TEMPS ...
MAIS ...
...
...
...
HAA
NON...
JE NE CROIS PAS QUE J'OSERAI ...
ÇA ME FAIT PEUR !

EH, INFIDÈLE !
AH !
IL M'A ENTENDUE !!
ガタッ
TAC
NE FUIS PAS !
MAIS JE... !

JE...
SALLE DE PRÉPARATION
TAC
TU AS TROUVÉ LE MANNEQUIN, TAKANASHI ?
J'AI ACHETÉ DU THÉ ...
ÇA TE DIT ...

FUIS SI TU VEUX !
ARRÊTE... LÂCHE-MOI...
MAIS JE NE TE LAISSERAI PAS PARTIR AUSSI FACILEMENT !

PARCE QUE...
REGARDE !

EN CE MOMENT, NOUS NE FAISONS PLUS QU'UN !

ALORS ...
JE NE PEUX PAS TE LÂCHER.
...
JE NE SUIS QU'UNE IDIOTE !

AVOIR PEUR D'UN GARÇON AUSSI GENTIL...
TU SAIS ...
QUAND TU M'AS REPOUSSÉ, J'AI COMPLÈTEMENT PERDU LES PÉDALES.
IL ACCEPTE D'ALLER À MON RYTHME.
MAIS MOI AUSSI, JE DOIS CHANGER.
ITÔ...
POUR L'INSTANT, C'EST BIEN SUFFISANT !
TU M'AS DÉJÀ PRISE DANS TES BRAS PLUSIEURS FOIS...
L'ENFANT NAÏVE QUE JE SUIS...

POURTANT
...
J'AI L'IMPRESSION QUE C'EST LA PREMIÈRE FOIS...
DOIT DEVENIR UN PEU PLUS ADULTE
...

ON M'A DEMANDÉ DE FAIRE DES DESSINS MIGNONS ♡

DÉSOLÉE, JE L'AI FAIT...

TU SORS AVEC TES COPINES ?
INTERNAT POUR GARÇONS TORIYA
ÇA IRA ? SI JAMAIS DES GENS DE L'ÉCOLE TE VOIENT...
ILS VONT TOUT CAPTER !
ÇA VA, ÇA VA ! JE M'HABILLE EN GARÇON AU CAS OÙ !
LES PERSONNES QUI NE ME CONNAISSENT PAS VERRONT QUE JE SUIS UNE FILLE MAIS...
DIS, ÇA VA COMME ÇA ?
C'EST TRÈS BIEN !
ALORS J'Y VAIS !
HÉ HÉ HÉ

C'EST ARRIVÉ UN JOUR...

JE RÊVAIS QUE LE TRAVAIL ÉTAIT FINI...

JE FAIS PEUT-ÊTRE UN PEU TROP GAMINE HABILLÉE COMME ÇA ?
BAH, TANT PIS ! ELLES N'ONT PAS DÛ TANT CHANGER EN SI PEU DE TEMPS !
OH, LES VOILÀ ! EH ...

Secret girl

MOMOKO ?
EH BAH, J'AI FAILLI NE PAS TE RECONNAÎTRE !
ELLES SONT TOUTES LES DEUX DEVENUES TRÈS BELLES ...
OUAAH !
ÇA... ÇA FAIT LONGTEMPS ! VOUS FAITES VRAIMENT ADULTES MAINTE-NANT !
TOI AUSSI, T'AS PAS MAL CHANGÉ, MOMOKO !
UN VRAI P'TIT MEC !
AH...
OUI, C'EST VRAI.
J'AI L'IMPRESSION D'ÊTRE L'INTRUSE ...
HAHAHA !
?!

T'AS UNE BAGUE, CHIE ?
OUI, ET MON COPAIN PORTE LA MÊME !
TON COPAIN AUSSI A UNE BAGUE ?
ON SE LES AIT OFFERTES. SEULE LA COULEUR DE LA PIERRE EST DIFFÉRENTE !
KLING
OOH !
SI J'EN OFFRAIS UNE À ITÔ, EST-CE QU'IL LA METTRAIT ?
JE SUIS SÛRE QUE LES PIERRES PRÉCIEUSES LUI IRAIENT BIEN !
JE N'AI PAS D'ARGENT MAIS...
EH, VOUS !
QU'EST-CE QUE VOUS FAITES ?

SI VOUS ÊTES LIBRES, ÇA VOUS DIT DE SORTIR AVEC NOUS ?
ILS NOUS DRAGUENT ?!
ON EST PILE LE BON NOMBRE, ON VA SE FAIRE UN KARAOKÉ ?
QUOI ?!
JE FAIS QUOI ? JE FAIS QUOI ?
JE DOIS DIRE NON !
PAS QUESTION !
JE REFUSE !!
PARCE QUE J'AI DÉJÀ ITÔ DANS MA VIE !!
HUM
HEIN ?

C'EST UNE FILLE ?
"UNE FILLE" ?
HAHA
ÇA VEUT DIRE QUE JE RESSEMBLE À UN GARÇON ?!
QUEL CULOT ! BIEN SÛR QUE C'EST UNE FILLE !
TOUT DE MÊME !
SÉRIEUX ?
BAH, CE GENRE DE NANA-LÀ ...
BOF...
HAHA
ON S'EN FOUT DE TON GENRE DE FILLE !
HAHA
EUH...

JE VIENS DE ME RAPPELER QUE J'AVAIS QUELQUE CHOSE À FAIRE. JE RENTRE.
MOMOKO !
TAP
LE CHOC...
TAP
J'AI BEAU ÊTRE HABILLÉE COMME UN GARÇON ...
JE NE PENSAIS PAS QUE LES GENS ME PRENDRAIENT POUR UN GARÇON À L'EXTÉRIEUR DU BAHUT !

C'EST PARCE QUE JE SUIS TOUT LE TEMPS ENTOURÉE DE MECS.
MA PERCEPTION EST PEUT-ÊTRE ALTÉRÉE...
C'EST VRAI QUE JE N'AI PAS L'AIR D'UNE FILLE ...
MAIS...
ÇA IRA COMME ÇA !
ITÔ A DIT QUE C'ÉTAIT TRÈS BIEN !
TANT QUE ÇA LUI CONVIENT, ÇA ME VA !
À VOS MARQUES ...
OUI !

ITÔ N'AIME PAS LES FILLES QUI EN FONT TROP !
PRÊTS ...
TAC
FIUU

YAAA-AAH !
ITÔ ! PAR ICI !
ITÔ !
OUAIIS ! XAAH !
QU'EST-CE QU'IL Y A ?
YAAH
YAAH
YAAH
J'AI UN SERVICE À TE DEMANDER.

YAAH ! ♡
QU'EST-CE QUE C'EST QUE ÇA ?!
UN AUTOGRAPHE !
DÉSOLÉ, J'AI PAS PU REFUSER... SAUVE-MOI LA MISE !
S'IL TE PLAÎT !
UN AUTOGRAPHE !
QU... !
J'AI MÊME PAS DE SIGNATURE !
ÇA Y EST ! ÇA Y EST ! IL VA SIGNER !
ALLEZ-Y ! N'HÉSITEZ PAS !
C'EST BON ! FAIS CONFIANCE ...
À TON AÎNÉ ...
GLUP

BIEN... DÉPÊCHONS-NOUS D'EN FINIR !
JE TE PARDONNE POUR CETTE FOIS MAIS N'EN FAIS QUAND MÊME PAS TROP ENFOIRÉ !
S'IL VOUS PLAÎT... ITÔ ACCEPTE DE SIGNER... UN PEU DE CALME...
PFF...
RAJOUTE "POUR MAYU" S'IL TE PLAÎT !
MOI, C'EST MIKI !
MERCI ! ♡
...

...
OH ! ITÔ S'OCCUPE DE SES FANS !
C'EST LA PAUSE POURTANT.
AH OUI ! C'EST RARE !
IL EN PEUT-ÊTRE MARRE DE NE CÔTOYER QUE DES MECS !
ON A BEAU DIRE, LES LYCÉENNES AVEC LEURS JUPES COURTES SONT SUPER MIGNONNES !

KH...
ÇA M'ÉNERVE...
J'AI L'IMPRESSION QUE SI JE RESTE TOUJOURS HABILLÉE COMME ÇA ...
ITÔ VA FINIR PAR EN AVOIR MARRE DE MOI...
QU'EST-CE QUE JE DOIS FAIRE ?

Girl's Shop
UNE BOUTIQUE POUR LES FILLES ...
GLING
カラン…
BONJOUR ! VOUS CHERCHEZ QUELQUE CHOSE ?
EUH ...
JE... EUH...
HUM HUM HUM
OUI ?
J'AIMERAIS ÊTRE PLUS FÉMININE ...

JE NE PEUX PAS RESTER SANS RIEN FAIRE.
JE DOIS M'EMBELLIR.
LIE AVEC VOTRE UNIFO
DE LYCÉENNE !'
ENT BIEN PORTER L'UN
PLUS GRANDES VILLES D
MÊME...
PLIC
PLOC

FLAP
ぱさ…
SI ITÔ ME CRIE DESSUS …
JE SUIS RENTRÉ !
INTERNAT POUR GARÇO
BATAM
ぱたん
J'AI EU UNE JOURNÉE CREVANTE AUJOURD'HUI !
T'AS DÉJÀ MANGÉ ?
…
TU M'ÉCOUTES …

BONSOIR !
HEIN ?

ITÔ...
QU'EST-CE QUE C'EST ?
CES VÊTEMENTS ...

ÇA NE ME VA PAS BIEN ?
J'AI EU ENVIE D'ESSAYER... JUSTE COMME ÇA...
OU ALORS...
IL VA SE FÂCHER ?
C'EST BIZARRE PEUT-ÊTRE... ?
OU ME DIRE D'ARRÊTER MES BÊTISES ?
TU...

TU ES RAVISSANTE !
TU AS RAISON, JE SUIS DÉSOLÉE... JE NE LE FERAI PLUS.
C'EST IDIOT ...
TU ES TRÈS JOLIE !
C'EST VRAI, JE SUIS...
V... VRAIMENT ?!

OUI ...
TU ES BELLE !
IL A DIT QUE J'ÉTAIS JOLIE !
SI ON TE SURPREND HABILLÉE COMME ÇA, TU AURAS DES PROBLÈMES.
ET PUIS...
MAIS TANT QUE TU ES ICI, IL NE FAUT PLUS QUE TU RECOMMENCES !

SI LES AUTRES TE REGARDENT, JE VAIS ÊTRE JALOUX !
JE SUIS JOLIE…
LE TERRAIN EST INONDÉ.
IL NE VA PAS ALLER AU SPORT ?!
ÇA VEUT DIRE QU'IL VA RENTRER TÔT ALORS…

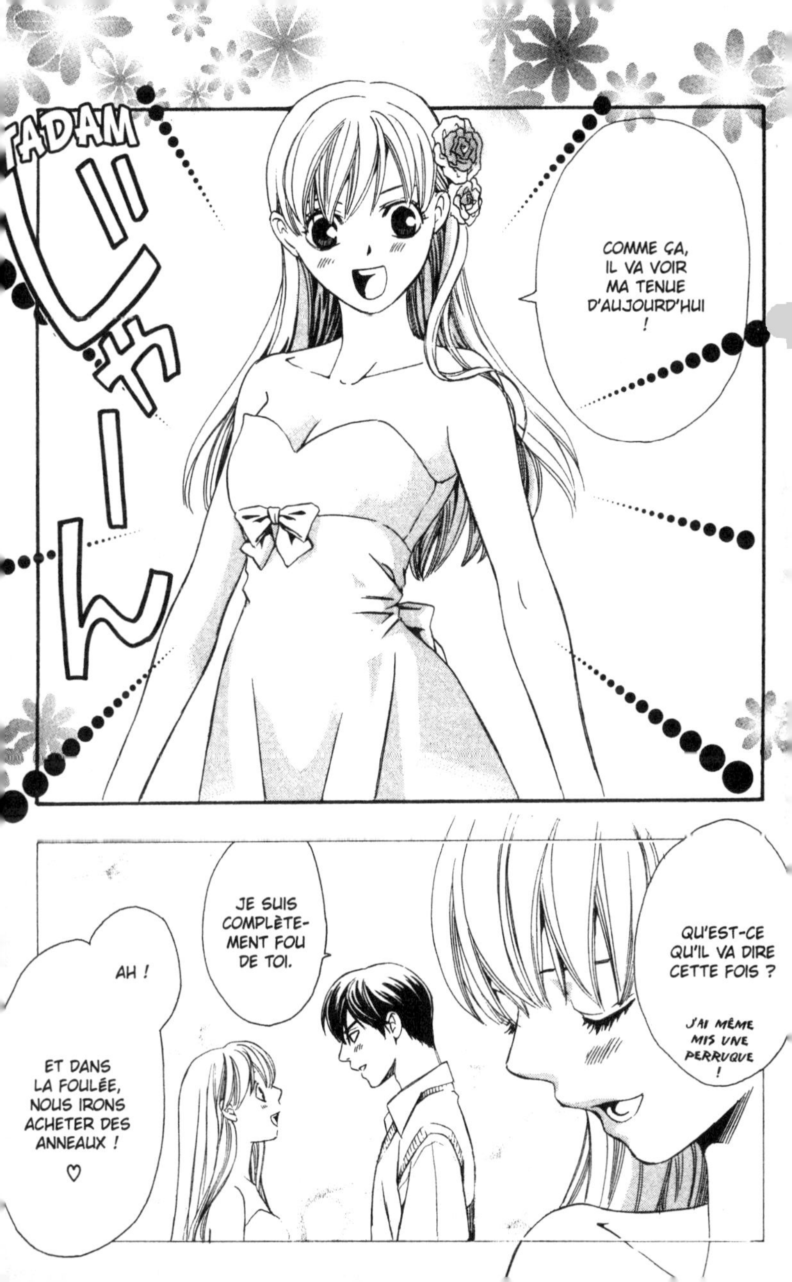
TADAM
じゃーん
COMME ÇA, IL VA VOIR MA TENUE D'AUJOURD'HUI !
QU'EST-CE QU'IL VA DIRE CETTE FOIS ?
J'AI MÊME MIS UNE PERRUQUE !
JE SUIS COMPLÈTEMENT FOU DE TOI.
AH ! ET DANS LA FOULÉE, NOUS IRONS ACHETER DES ANNEAUX ! ♡

AAAAH !
YAP ! YAP !
JE SUIS PRESSÉE QU'IL RENTRE !
CLAC
ITÔ, T'ES LÀ ? J'AI QUELQUE CHOSE À TE DEMAN...
...
M...
HIII !
EUH... C'EST...
MINCE !!
T'ES QUI ?

HEIN ?
LES FILLES SONT INTERDITES ICI !
AH, EUH... JE ME SUIS PERDUE...
SI ON TE TROUVE, TU VAS TE FAIRE REMONTER LES BRETELLES !
ENFIN, T'INQUIÈTE ...
HEIN ?
MAIS AVANT TOUT...
COMME T'ES JOLIE, JE TE PROTÉGERAI !
HUM...
DÉSOLÉE POUR LE DÉRANGEMENT !!
DASH!
JE DOIS VITE PARTIR D'ICI !!

UNE NANA !
Y A UNE FILLE !
UNE JUPE !
WAAH, OMMENT ELLE EST MIGNONNE !
AT-TENDS !!
ざわざわ
BLA BLA

QU'EST-CE QUI SE PASSE ?
UNE JOLIE FILLE EST APPARUE COMME PAR MAGIE !
AH ?
ÇA N'A PAS L'AIR DE TE PERTURBER PLUS QUE ÇA !
TCHAC
ÇA NE M'INTÉRESSE PAS !
ELLE ÉTAIT DANS TA CHAMBRE POURTANT ! PAUMÉE, APPAREM-MENT...
AH ?
?
DANS MA CHAMBRE ?
MAIS ALORS ...
NON ...
LES MARQUES À LA MODE

C'EST TAKA-NASHI ?!
SPLASH
SPLASH
JE DOIS RÉUSSIR À PASSER LES GRILLES...
SPLASH
TU L'AS TROUVÉE ?
NAN.
HII !

JE FAIS QUOI MAINTENANT ?
TAP
TCHAC
ILS M'ONT EUE !!
HM...
HM...
ZZT
ZZT
HMMM !
QU'EST-CE QUE C'EST QUE CETTE TENUE, IDIOTE ?

NE FAIS PAS DE BRUIT !
ITÔ...
J'AI CRU ENTENDRE QUELQUE CHOSE ...
OH ! DES TRACES DE PAS !
ÇA VA, LAISSE-MOI !
JE TROUVERAI UNE EXCUSE QUELCON-QUE !
HORS DE QUESTION ...

TU CROIS QUE JE VAIS LES LAISSER TE VOIR DANS CETTE TENUE ?!
MAIS...
OÙ EST-CE QU'ELLE EST ?
SI JAMAIS ILS CROIENT QU'IL A AMENÉ UNE FILLE À L'INTERNAT...
IL VA AVOIR DES PROBLÈMES.
TOUT ÇA À CAUSE DE MOI...
SORS DE LÀ !
GSH
JE NE VEUX PAS !!

AT...
...
PLAF

...
...
...
EH ?
ÇA VA ?
PLOCH
びちゃ
びちゃ
PLOCH
QU'EST-CE QUE VOUS FAITES ?

PLOCH
PLOCH
PLOCH
ATTRAPEZ-MOI SI VOUS LE POUVEZ !
OUAH !
OUAH !
POUS-SEZ-VOUS !
CLAC
...
KIIII
OUAH !
OUAH !
KIIII

ON NE DEVRAIT PAS LA RATTRAPER ?
JE LAISSE TOMBER... CETTE FILLE EST TROP CHELOU...
ELLE FAIT FLIPPER !
PFF
QU'EST-CE QU'IL Y A, ITÔ ?
HI HI
BAH...
MOI, JE LA TROUVE MARRANTE CETTE FILLE...
C'EST QUI, CETTE NANA ?
ELLE EST DÉGUEU !

ELLE OSE SE PROMENER COMME ÇA EN VILLE ?
C'EST UNE FILLE, ÇA ?
ET VOILÀ...
JE L'AI BIEN CHERCHÉ APRÈS TOUT.
FINALEMENT...
C'EST UNE FILLE ?
JE SUIS REVENUE AU POINT DE DÉPART...
ATTENDS !
JE T'AI APPORTÉ DES VÊTEMENTS DE RECHANGE !
HEIN ? C'EST PAS ITÔ ?
AH, SI !
QUOI ? IL CONNAÎT CETTE PAUVRE FILLE ?
PAS POSSIBLE !
L... LAISSE-MOI !
SI TU T'APPROCHES DE MOI, TOUT LE MONDE VA SE MOQUER DE TOI !

MÊME ITÔ…
C'EST VRAI.
TU ES TOUTE SALE…
DANS L'ÉTAT OÙ JE SUIS, IL A FORCÉMENT HONTE DE SE PROMENER AVEC MOI.
…
MAIS…

ET SI TU ME LAISSAIS EN PLACER UNE ?

...
MERCI !
DE M'AVOIR AIDÉ...
NON !
TOUT ÇA, C'ÉTAIT DE MA FAUTE !
ÇA M'A FAIT PLAISIR ...
NE TE SENS PAS OBLIGÉ DE ME DIRE ÇA !

C'EST À MOI DE LE REMERCIER …
LES MOTS NE SORTENT PAS.
AUSSI SALE QUE TU SOIS, TU RESTES LA MÊME AU FOND DE TOI.
POURTANT TU RESPLENDIS !
LES GENS SONT IDIOTS DE NE PAS LE REMARQUER !
JE VOUDRAIS LUI DIRE TOUT ÇA MAIS J'AI TROP DE CHAGRIN.
MERCI DE ME TENIR LA MAIN MALGRÉ TOUT.

MERCI.
TU COMPRENDS CE QUE JE SUIS EN TRAIN DE TE DIRE ?
C'EST UN DIAMANT BRUT QUE JE TIENS AU CREUX DE MA MAIN EN CE MOMENT MÊME.
MERCI ...

INTERNAT POUR GARÇON
DÉPÊCHE-TOI OU JE M'EN VAIS SANS TOI !
AH... ATTENDS ...
COMBIEN DE TEMPS IL TE FAUT POUR TE PRÉPARER LE MATIN ?!
BAH... JE DOIS ME METTRE DE LA CRÈME SOLAIRE ET PLEINS D'AUTRES TRUCS...
AH, LES CLÉS, LES CLÉS...
HEIN ? JE NE LES AI PAS !

CALME-TOI !
JE NE PARTIRAI PAS SANS TOI !
TCHAC
カチャリ

BON, ON Y VA ?
OUI !
CE SERAIT SI BIEN...
AU FAIT ... JUSQU'À QUAND TU VAS DEVOIR AIDER AU CLUB DE SPORT ?
SÛREMENT JUSQU'À LA FIN DU CHAMPION-NAT ?
QU'UN JOUR, ON PUISSE LE DIRE À TOUT LE MONDE ...
ALORS TU VAS ENCORE ÊTRE TRÈS PRIS !
EH OUI !
"NOUS SORTONS ENSEMBLE !"
TCHAC
ガチャリ
ENFIN...

JE SUIS CENSÉE ÊTRE UN GARÇON MAIS...
...
KLING

Y...
YAAH !!
ITÔ !!
ムッ
GRR...
ALLONS, ALLONS ! ARRÊTEZ DE REGARDER ! ALLEZ VOUS EN, S'IL VOUS PLAÎT !
TU GÊNES ! C'EST DE L'ARGENT QUE TU VEUX, C'EST ÇA ?
MAIS...
TU ATTENDS ITÔ ?

KAWAKAMI …
IL EST DANS MA CLASSE.
JE PEUX M'ASSEOIR À CÔTÉ DE TOI ?
BIEN SÛR !
POUSSEZ-VOUS DE LÀ, LES GRINGALETS !
MERCI.
C'EST RARE QU'ON M'ADRESSE LA PAROLE.
…
ぴったり
POF
TU NE FAIS PAS DE SPORT ?
IL EST COLLÉ À MOI…
NAN.

TAC ぎゅ、
ET TOI, AKIRA ?
EUH... NE TE COLLE PAS À MOI COMME ÇA...
?!
POURQUOI ?
ITÔ NE SE GÊNE PAS POUR LE FAIRE TOUT LE TEMPS POURTANT !
AH... MAIS...
HEIN ? IL NOUS OBSERVE ?
ÇA FAIT UN MOMENT QUE JE ME DIS ÇA MAIS...

TU RESSEMBLES VRAIMENT À UNE NANA !
...
GLUP !!
P... P... P... PAS DU T...
QU'EST-CE QUE TU FICHES ?!

NE T'AMUSE PAS AVEC LUI !
...
ITÔ...
OUF !
POF
POF
NE TE FÂCHE PAS !
POF
JE L'AI JUSTE TAQUINÉ PARCE QUE VOUS VOUS ENTENDEZ BIEN !
QUOI ?
SUR CE...
SSS

QU'EST-CE QU'IL VEUT ? IL T'A DIT QUELQUE CHOSE ?
N... NON...
RIEN DE PARTICULIER...
FAIS ATTENTION !
CERTAINS TYPES PEUVENT SE MONTRER TRÈS PERSPICACES !
COMME SAEKI...
OUI...
IL M'A JUSTE DIT QUE JE RESSEMBLAIS À UNE FILLE.
IL N'Y A PAS DE QUOI S'EN FAIRE...
DING キーン DANG コーン
DING カーン DANG コーン
TSS !

SALUT !
OUAH !
ITÔ EST AU SPORT ?
TU VAS L'ATTENDRE AUJOURD'HUI ENCORE ?
E... EUH... AUJOURD'HUI...
ENCORE LUI !
JE PENSAIS RENTRER ...
JE FERAIS MIEUX DE L'ÉVITER ...
POURQUOI TU ME TAPES L'ESQUIVE ?
HEIN ?
JE VEUX JUSTE QU'ON SOIT AMIS !

C'EST PAS SYMPA !
AH...
DÉ... DÉSOLÉ ! C'ÉTAIT PAS MON INTENTION ...
ÇA VA ! JE SUIS CHIANT, C'EST ÇA ?
PAS DU TOUT ! ON PEUT ÊTRE AMIS SI TU VEUX !
D'ACCORD ?
...SNIF
TU MENS.
NON ! C'EST VRAI !

ALORS SORTONS TOUS LES DEUX !
HEIN ?! QUOI ?!
"TOUS LES DEUX" ?!
GLUP
C'EST-À-DIRE QUE...
T'INQUIÈTE ! T'INQUIÈTE !
MAIS... !
TIENS ? TAKANASHI N'EST PAS LÀ AUJOUR-D'HUI...
OUAIS ...

C'EST RARE ...
TIENS ! MANGE !
OUAAH ! T'ES SÛR ?
OUI, C'EST POUR TE REMERCIER DE M'AVOIR ACCOMPAGNÉ.
C'EST QUELQU'UN DE BIEN EN FAIT...
MERCI !
POURQUOI MOI EN FAIT ?
JE NE SUIS PAS SUPER DRÔLE !
JE NE SAIS MÊME PAS COMMENT LES MECS PASSENT LE TEMPS ...
POURQUOI ?

PARCE QUE J'AI L'IMPRESSION QUE TU N'ES PAS COMME LES AUTRES MECS.
SST
CHAC
...
HEIN ?
PLOCH
FAIS ATTENTION ! CERTAINS TYPES SONT TRÈS PERSPICACES !
COMME SAEKI...
N... NON...
TU M'INTÉRESSES.

IL NE VA QUAND MÊME PAS ME DIRE QU'IL A RESSENTI MA PART DE FÉMINITÉ ET QU'IL EST AMOUREUX DE MOI ?!
VOYONS... C'EST UN PEU GÊN...
SST
POURQUOI ?
OU PEUT-ÊTRE QUE TU SORS DÉJÀ AVEC ITÔ ?
...
JE FAIS QUOI ?
JE...

TCHAC
JE DOIS Y ALLER !
...
C'EST SI DÉSAGRÉA-BLE QUE ÇA D'ÊTRE EN MA COMPAGNIE ?
DANS CE CAS, T'AS QU'À APPELER ITÔ !
C'EST QUE, EN CE MOMENT...
IL EST AU SPORT... ALORS...
TA GLACE ÉTAIT BONNE ?
OUH...
IL A BEAU FAIRE CETTE TÊTE...
EUH...
HUM...
OU...
FUU

OUI, ELLE ÉTAIT BONNE…
J'AURAIS MIEUX FAIT DE NE JAMAIS DIRE OUI…
JE SUIS UN PEU COINCÉE DU COUP…
QU'EST-CE QU'IL Y A ?
T'AS DES ENNUIS ?
NON, EUH…
JE NE VOULAIS PAS TE DÉRANGER, JE N'AI PAS PU REFUSER …
HEIN ?
TU ACCOURS DÈS QUE TAKANASHI T'APPELLE, HEIN ?

MOI AUSSI, J'AIMERAIS BIEN ÊTRE VOTRE AMI !
...
ENCORE TOI ?!

ALLEZ !
VOUS ÊTES TOUT LE TEMPS ENSEMBLE, C'EST PAS JUSTE !
...
TOI, NE T'ENDETTE PAS AVEC DE LA NOURRITURE !
T'AS ENCORE DE LA GLACE AUTOUR DE LA BOUCHE
HEIN ?
AH...
TIENS !
KLING
HEIN ?! QUOI ? QUOI ?

...
C'EST POUR LA GLACE.
MERCI.
UNE MINUTE ...
COMME ÇA, VOUS ÊTES QUITTES !

NE T'APPROCHE PLUS DE TAKANASHI !
ITÔ, TU VAS UN PEU LOIN, LÀ...
ON EST DANS LA MÊME CLASSE !
NE T'APPROCHE PAS DE KAWAKAMI !
IL SE DOUTE PEUT-ÊTRE DE QUELQUE CHOSE...
IL A UNE FAÇON BIZARRE DE TE REGARDER.
J'AI COMME UN ARRIÈRE-GOÛT DÉSAGRÉABLE DANS LA BOUCHE.
IL A DIT QU'IL S'INTÉRESSAIT À MOI...
AH... AH BON ?
AH, IL BAISSE LA TÊTE...
JE ME SENS VRAIMENT MAL...

JE M'EXCUSERAI LA PROCHAINE FOIS...
...
QU'EST-CE QUE TU FAIS, AUJOURD'HUI ?
JE N'AI RIEN À FAIRE, JE VAIS T'ATTENDRE. JE TE REJOINDRAI APRÈS.
BON ...
À TOUT À L'HEURE ALORS !

...
OH, TU VAS AU SPORT ?
OUAIS.
HUM... ÇA, JE LE LAISSE ET ÇA, JE L'EMMÈNE...
NOTE BOOK
MATHÉMATIQUES
AKIRA !
AH...
JE PEUX TE PARLER ?
JE VOUDRAIS M'EXCUSER POUR HIER...
AH, ÇA TOMBE BIEN... JE VOULAIS AUSSI TE DEMANDER PARDON !
AH ...
EN FAIT, J'AI AUTRE CHOSE D'IMPORTANT À TE DIRE ...
...
HEIN ?!

EST-CE QUE PAR HASARD…
JE N'AVAIS PAS TRÈS ENVIE DE VENIR À L'ÉTAGE DES 1ÈRES ANNÉES…
ENFIN, FAUT BIEN, VU QU'ON A QUELQUE CHOSE À Y FAIRE.
MAIS POURQUOI ?
J'AIMERAIS TE PARLER EN TÊTE-À-TÊTE. TU PEUX ME SUIVRE ?
JE NE ME SUIS PAS ENCORE REMIS D'UN CHAGRIN D'AMOUR.
IL VA ME FAIRE UNE DÉCLARATION D'AMOUR OU QUOI ?!
UN CHAGRIN D'AMOUR ? MAIS IL N'Y A QUE DES GARÇONS DANS CETTE ÉCOLE…
ENFIN, C'EST PAS QUE J'AI QUELQUE CHOSE CONTRE CES GENS-LÀ, MAIS BON…
LES SIMPLES D'ESPRIT COMME TOI NE PEUVENT PAS COMPRENDRE CE QUE JE RESSENS !

MAIS C'EST...
ON DIRAIT QU'IL SE TRAME QUELQUE CHOSE...
OUI.
QU'EST-CE QUI SE PASSE ?
MINCE... COMMENT JE PEUX LUI DIRE NON ? SI JE NE DIS RIEN MAINTENANT, CE SERA ENCORE PLUS DIFFICILE APRÈS.
DE TOUTE FAÇON, EN APPARENCE, ON EST DEUX GARÇONS ! C'EST NORMAL QUE JE LE REPOUSSE !

C'EST MON CÔTÉ FÉMININ QUI A DÛ L'ATTIRER INCONSCIEMMENT ...
HUM ?
ÇA DOIT SÛREMENT LE REMUER.
APRÈS LUI AVOIR DIT NON, JE LE RASSURERAI.
DIS, ON VA OÙ ?
"KAWAKAMI, TU N'ES PAS BIZARRE"...
OUI, TIENS.
ICI, ÇA DEVRAIT ALLER ...

ELLE NE VIENT PAS ?
QUELLE FORME !
BONSOIR !
QU'EST-CE QUE TU VEUX ? SI TU VIENS POUR TAKANASHI, IL N'EST PAS LÀ !
TU M'DÉRANGES !
TOUJOURS AUSSI AIMABLE À CE QUE JE VOIS !
PUISQU'ON EN PARLE, TAKANASHI COMPTE BIENTÔT TE QUITTER OU PAS ?
HEIN ?
HEIN ?
...

JE L'AI VUE EN COMPAGNIE DE KAWAKAMI TOUT À L'HEURE.
ÇA NE ME REGARDE PAS MAIS ...
PUISQUE J'ÉTAIS DANS LE COIN, JE VOULAIS T'EN AVERTIR ...
HEIN ?
ALORS ...
HEIN ?
PARTI

IL S'EST BARRÉ.
FIUU
ET L'ENTRAINEMENT ? BAH, TANT PIS...
...
TANT PIS...
HM ?
...
J'AURAIS DÛ Y ALLER MUI-MÊME !
HA—A
AAH, C'ÉTAIT LE MOMENT OU JAMAIS...
IDIOTE ...

JE T'AI DIT NE DE PLUS L'APPROCHER !
M...
MAIS...

QU'EST-CE QUE TU FAIS ?
QUOI... TU NE COM-PRENDS PAS ?
JE T'AGRESSE !
QU...
QU'EST-CE QUE ÇA VEUT DIRE ?!
EUH... TU FAIS ERREUR !
IL SAIT QUE JE SUIS UNE FILLE ?!
JE SUIS UN MEC !
JE...
BAM

ON S'EN FOUT !
HEIN ?
MAIS... EUH...
HEIN ?!
BLAM
QU'EST-CE QUE ÇA VEUT DIRE ?!

TAKANASHI, T'ES OÙ ?!
IL A PERDU LA TÊTE ! JE L'OBSÈDE À CE POINT ?
ARRÊTE !!
QU'EST-CE QUI TE PREND ?! IMBÉCILE !!
CE N'EST SÛREMENT PAS LA SOLUTION !
NON...
TAIS-TOI !

TA GUEULE !!
ITÔ !! À L'AIDE !!
NON ...
ZAA

BOM
...

ITÔ...
PLAF

AÏEUH ...
TAP TAP
AH !
ITÔ !
TCHAC
BAM
GFF
QU'EST-CE QUE...

...
T'AS ENVIE DE CREVER OU QUOI ?
JE NE SAIS PAS CE QUE T'AS EN TÊTE MAIS ...
SI TU RECOMMENCES, JE TE LE FERAI PAYER, CROIS-MOI !
P... POUR-QUOI ?
ALORS, TOUS LES DEUX, VOUS...
EXACTE-MENT !
AH...

TAKANASHI ET MOI, ON SORT ENSEMBLE !
IL L'A DIT...
P...
PARDON...
MAIS JE L'AIME !
KAWAKAMI...
BABOM
IL M'AIME À CE POINT...
JE...

POF
JE SUIS AMOUREUX DE TOI, ITÔ !!
...
HEIN ?!
AAH, LA DOUCE CHALEUR DE SON TORSE...
AH...
JE VOULAIS ME SERVIR DE TAKANASHI POUR ME RAPPROCHER DE TOI...
TU ES SI FROID AVEC MOI.
C'EST POUR ÇA QUE JE M'EN SUIS PRIS À LUI !
KH !
QU... QUOI ?

MAIS TOI AUSSI, TU ES COMME MOI !
JE SUIS HEUREUX !
MAIS ALORS...
HAAAA
IL S'EST SERVI DE MOI ?
ÇA VEUT DIRE QU'IL EST POSSIBLE QU'UN JOUR TU ME CHOISISSES !
HAA
N'EST-CE PAS ? ITÔ...
POUR AVOIR ITÔ...
JE N'ABAN-DONNERAI PAS ! ♡
...
...
J'Y CROIS PAS...
Secret girl 2 fin

PARLER, C'EST BIEN. AGIR, C'EST ENCORE MIEUX !

NE DEVENEZ PAS UNE ADULTE COMME MOI !

CE PAPILLON AGIT PAR MIMÉTISME.
QUAND JE ME LA JOUE INTELLO...
LES FILLES SE MASSENT AUTOUR DE MOI.
BIEN QU'INOFFENSIF, IL IMITE LES PAPILLONS VENIMEUX ET LEURRE AINSI SES PRÉDATEURS.
INCROYA-BLE !
ET QUAND JE SOURIS...
N'EST-CE PAS ?
NII
ELLES SONT AUX ANGES.
PAH
OUI !
C'EST TELLEMENT FACILE QUE C'EN EST ENNUYEUX.
C'EST POUR ÇA QUE JE L'APPELLE COMME ÇA ...
Celle qui ne portait pas De culotte

LE PAPILLON MENTEUR.
N'Y A-T-IL PERSONNE POUR RAVIVER MA FLAMME ?

# Celle qui ne portait pas De Culotte

Celle qui ne portait

# Celle qui ne portait pas De Culotte

pas De Culotte

TCHIN
DIS, CHIBA ... ÇA TE DIT DE MONTER CHEZ MOI ?
MAIS IL NE FAUDRAIT PAS QUE LES GENS DU COIN NOUS VOIENT !
ET PUIS, J'AI UNE ÉTUDIANTE ÉTRANGÈRE QUI VIENT VIVRE CHEZ MOI À PARTIR D'AUJOURD'HUI, J'AI PAS MAL DE CHOSES À FAIRE.
OOH ...
J'AI VU SA PHOTO, ELLE EST ASSEZ MIGNONNE.
QUOI ? JE SUIS JALOU-SE ! ELLE EST COM-MENT ?
HUM
UN PEU COMME ÇA.
HM ?

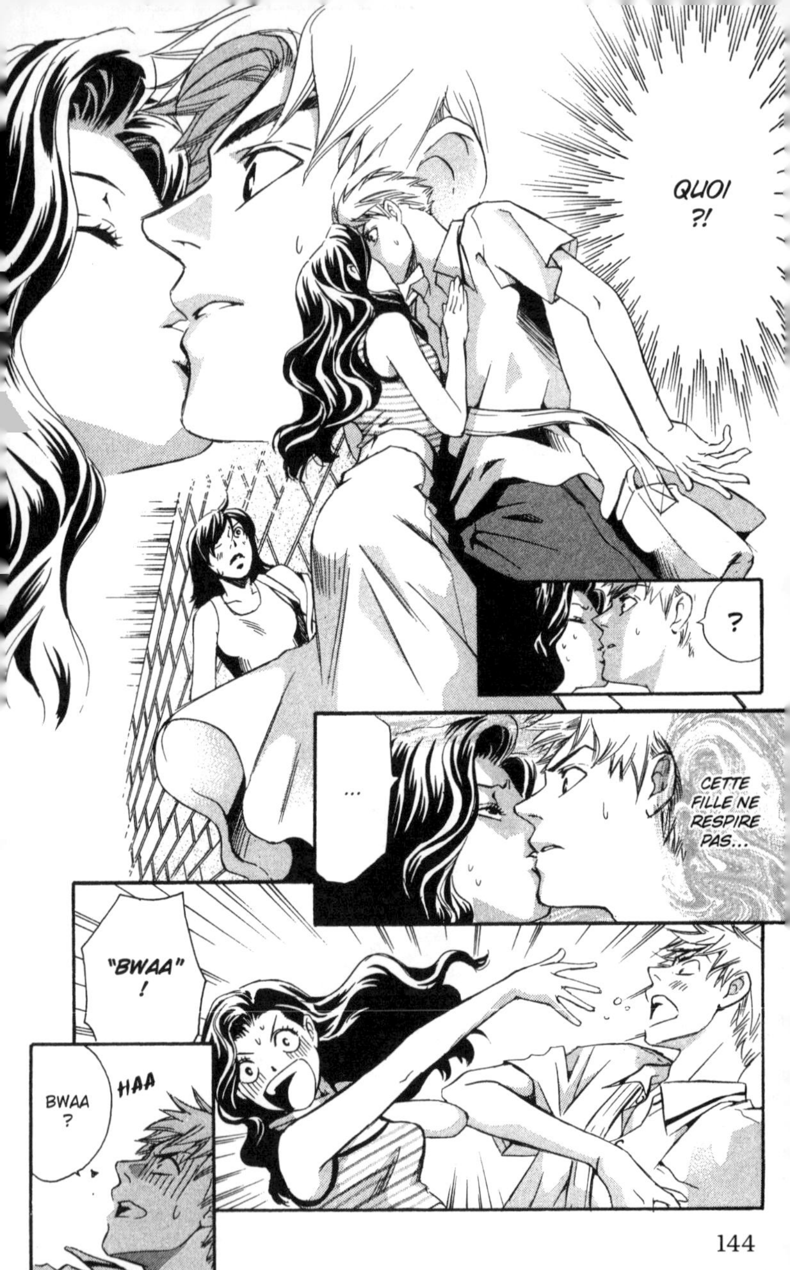
QUOI ?!
?
CETTE FILLE NE RESPIRE PAS...
...
"BWAA" !
HAA
BWAA ?

QU... QU'EST-CE QUI T'AS PRIS ?!
T'ES MALADE ?! TU TE RENDS COMPTE DE CE QUE T'AS FAIT ?!
"MALADE" ?
FURAX
"MALADE"... "MALADE"...
DICTIONNAIRE
TU ES BIEN ICHIHIKO CHIBA ? JE SUIS LOU FUNABASHI.
JE VAIS HABITER CHEZ TOI À PARTIR D'AUJOURD'HUI...
...
"MA-LADE" !
LADE, SUBST. MAS
ST PAS EN BONNE SANTÉ,
EST ATTEINT D'UNE
ADIE,
ÉPROUVE UN
MAIS... JE SUIS EN BONNE SANTÉ !
C'EST PAS LE PROBLÈME !
C'EST QUI, CETTE FILLE ?!
J'AI L'HABITUDE QUE L'ON M'EMBRASSE...
MAIS QUAND MÊME...
QU'EST-CE QUI TE SURPREND ?
HEIN ?

C'EST COMME ÇA QU'ON DIT BONJOUR DANS MON PAYS !
HEIN ?
AH...
BABOM
"BONJOUR"... ?
CLAC
QU'EST-CE QUI SE PASSE ?
C'EST QUOI, CE...
OH ?
AH !
PFF...
C'EST TOI, LOU ? TU AS FAIT TOUT CE CHEMIN TOUTE SEULE ?
QU'EST-CE QUE C'EST QUE CE PAYS ?
OUI, C'EST MOI !

ON SE FERA LA BISE À L'INTÉRIEUR !
UNE MINUTE !
DEMAIN, ELLE M'ACCOMPAGNE AU LYCÉE ...
SI C'EST SA FAÇON DE DIRE BONJOUR, ALORS ÇA VEUT DIRE QU'ELLE EMBRASSE N'IMPORTE QUI ?
ALORS, LUI AUSSI ?
SMACK
ET LUI AUSSI ? ET MÊME LES PROFS ?
HAA
BAH, APRÈS TOUT, JE M'EN FICHE ! ÇA NE ME REGARDE PAS.
ÇA...
ÇA NE ME REG...
ÇA NE ME REGARDE PEUT-ÊTRE PAS, MAIS ATTENDS AVANT DE LUI DIRE BONJOUR !!
GWOOOO
KLING
TU PARLES DRÔLEMENT BIEN NOTRE LANGUE !

POF
C'EST MON GRAND-PÈRE QUI M'A APPRIS LE JAPONAIS !
TU N'ES PAS TRISTE D'ÊTRE LOIN DE TES AMIS ?
MES AMIS SONT DES VACHES ET DES CHEVAUX ...
...
"DES VACHES ET DES CHEVAUX" ?
LA VOILÀ !
MAIS AU JAPON, ICHIHIKO EST MON PLUS GRAND AMI ! J'AI BEAUCOUP REGARDÉ SA PHOTO, ALORS JE L'AI TOUT DE SUITE RECONNU !
JE NE VEUX PAS QU'ELLE EMBARRASSE MES PARENTS AVEC SES COUTUMES !
BAH, RÉFLÉCHISSONS PLUTÔT AU PROGRAMME DE DEMAIN.
AVANT D'ALLER EN COURS, JE PRENDRAI QUELQUES PHOTOS D'OBSERVATION...
ENSUITE ...
POURQUOI ÇA RISQUE D'ÊTRE MAL PRIS ?
HEIN ?
TU AS COMPRIS ?!
SI TU DIS BONJOUR COMME ÇA AU JAPON, ON RISQUE DE MAL LE PRENDRE !
JE LUI AI EXPLIQUÉ MAIS...
AH...
QU...
EXPLIQUE-MOI, CHIHIKO !
POURQUOI ? EUH...
ICHIHIKO ...

ICHIHIKO ?
?
HAAA
OUAAAH !
QU'EST-CE QUE TU AS, ICHIHIKO ?
R...
AH !
ぱたん
SLAM
RIEN DU TOUT !
QUOI QU'IL EN SOIT, LOU, QUAND TU RENCONTRES QUELQU'UN, NE L'EMB... NE LUI DIS PAS BONJOUR !!
POUR ELLE, CE N'ÉTAIT RIEN DE PLUS QU'UN GESTE DE POLITESSE.
DE LA POLITESSE...
IL L'A BIEN FAIT POURTANT, LUI...
ET MERDE ! POURQUOI JE ME PRENDS LA TÊTE COMME ÇA ?!
À CE SOIR !

FWAA...
TU N'AS PAS ASSEZ DORMI ?
C'EST MAUVAIS POUR LES YEUX DE FAIRE DES NUITS BLANCHES !
ÇA VA, J'AI UNE BONNE VUE !
TIENS, EN FAIT... EN CE MOMENT ... JE M'ENTRAÎNE À ÉCRIRE L'ALPHABET ! C'EST BIEN, HEIN ?
OUAIS.
QUAND J'AURAI FAIT ASSEZ DE PROGRÈS, JE TE MONTRERAI !
HIER, J'ÉTAIS TELLEMENT SUR LES NERFS QUE J'AI PAS RÉUSSI À M'ENDORMIR.
MERCI.
PFF...
MAIS ÇA VA MIEUX MAINTENANT.
J'AI RETROUVÉ MA SÉRÉNITÉ HABITUELLE...
QU'EST-CE QUI SE PASSE ?

BFF
JE NE VOIS PAS SUPER BIEN MAIS... C'EST BIEN CE QUE JE PENSE ?
EH BIEN... ÇA Y RESSEMBLE BEAUCOUP... MAIS EN PLEINE JOURNÉE COMME ÇA ...
QU...
ÇA M'INTRIGUE, SI ON ALLAIT VOIR ÇA DE PLUS PRÈS ?
J'AI UN PETIT PROBLÈME DE VUE, MAIS ÇA NE M'EMPÊCHE PAS DE VOIR ÇA !
J'Y CROIS PAS...
NON...
IMPOSSIBLE !

DANS SON PAYS, LES FILLES NE PORTENT PAS DE CULOTTE ?!
GWOOO
NE REGARDEZ PAS !!
CHIBA ?
BAM
SALES VOYEURS !
ENFOIRÉS !
BOM
PLAF
ZZZT
PIOU PIOU
?
C'EST QUOI, UNE "CULOTTE" ?

*AU JAPON, LE PETIT DOIGT DÉSIGNE SYMBOLIQUEMENT LA PETITE AMIE ET LE POUCE, LE PETIT AMI, NDT.

ARR...
ARRÊTE !
ICHIHIKO ?
...
QU'EST-CE QUI ME PREND ?
ÇA NE ME RESSEMBLE PAS !

J'AURAIS DÛ LA LAISSER SE DÉBROUILLER.
TOUT À L'HEURE, T'AS SAUVÉ CES OISILLONS, MAIS TU NE PENSAIS À RIEN D'AUTRE, SI ?
T'AURAIS QUAND MÊME PU IMAGINER QUE ÇA ALLAIT GÊNER TOUT LE MONDE AUTOUR DE TOI !
POURQUOI JE SUIS INTERVENU ?
JE NE ME RECONNAIS PLUS...
DEPUIS SON ARRIVÉE, JE NE SUIS PAS DANS MON ÉTAT NORMAL.
TU SERAIS PAS UN PEU ÉGOÏSTE SUR LES BORDS ?
DANS CE PAYS, ÊTRE PRÉVENANT, C'EST LE MINIMUM DU SAVOIR-VIVRE !
SI T'EN ES PAS CAPABLE ...

JE SUIS ÉGOÏSTE ?
AH... VOYONS ...
NE LE PRENDS PAS MAL...
JE DOIS Y ALLER.
"ÉGOÏSTE" ?
...
HEIN ?!
LOU !
EH !
C'EST QUOI, CETTE RÉACTION ?!
...

POURTANT JUSQU'À TOUT À L'HEURE, ELLE ME DÉVORAIT ENCORE DES YEUX...
ELLE M'IGNORE TOTALEMENT...
BAH, JE M'EN FICHE APRÈS TOUT...
JE N'AI QU'À LA LAISSER VIVRE SA VIE...
VOICI LOU FUNA-BASHI, UNE ÉTUDIANTE ÉTRAN-GÈRE.
TU VEUX BIEN TE PRÉSEN-TER ?
OUI.
JE M'APPELLE LOU FUNABASHI...
ET JE VIENS DU PAYS XX.
TU N'ES PAS OBLIGÉE DE LEVER LA MAIN.
DIS DONC...
ELLE EST SUPER MIGNONNE, NON ?

AH ?
J'IRAI LUI PARLER APRÈS LES COURS ! QUELLE CHANCE QU'ELLE SOIT DANS NOTRE CLASSE !
IL FAUT ABSOLUMENT QU'ELLE SOIT À MOI !
MON GRAND-PÈRE EST JAPONAIS ...
NE L'ÉCOUTE PAS...
JE VAIS L'EM-BRASSER DEVANT TOUT LE MONDE !
AH, OUAIS ...
HUM ...
POURQUOI PAS ?
IL NE FAUT PAS QUE JE M'OCCUPE D'ELLE.
...
SEULE DANS CE PAYS ÉTRANGER, ELLE TOMBERA SOUS MON CHARME ET NOUS NOUS AIMERONS PASSIONNÉ-MENT !
COMME ÇA, PLUS PERSONNE NE L'ENNUIERA ...
TAC
ガタ
HEIN ?
DANS MON PAYS, POUR DIRE BONJOUR ...

ICHIHIKO ...
QU'EST-CE QUE TU FAIS ?
TAP
LAISSE-LA.
NE T'OCCUPE PAS D'ELLE...
... !
POURQUOI EST-CE QUE CHIBA SE LÈVE ?
EH !
HEIN ?
NE T'OCCUPE PAS D'ELLE...

QU'EST-CE QU'IL FAIT ?!!

C'EST PLUS FORT QUE MOI.
QU...
QU'EST-CE QUI TE PREND ?
J'AI ENFIN COMPRIS.
VOILA ...

ON FAIT COMME ÇA.
JE SUIS AMOUREUX DE LOU.
JE NE LA LAISSERAI À PERSONNE.
SEULEMENT, LE PROBLÈME...
SALLE DE BIOLOGIE
JE TE LE DIS TOUT DE SUITE ...
TOUT À L'HEURE, C'ÉTAIT PAS UN SIMPLE BONJOUR !

*PLAT DE LÉGUMES ET DE VIANDE ÉMINCÉE CUITS DANS UN BOUILLON DE SAUCE DE SOJA, NDT.

JE TE LE DIRAI QUAND CE PAPILLON SORTIRA DE SA CHRYSALIDE !
TOUS CES DÉTOURS POUR UNE SIMPLE DÉCLARATION ...
C'EST NUL !
EST-CE QUE TU VEUX BIEN ...
ME LAISSER UN PEU DE TEMPS JUSQUE LÀ ?
JE SUIS RIDICULE.
TOUS CEUX QUI ME CONNAISSENT SERAIENT SÛREMENT DÉÇUS DE MON COMPORTEMENT.
S'IL TE PLAÎT ...
LOU ...

BIEN SÛR !
J'ATTENDRAI.
MAIS...
LOU ...
ÇA VA PRENDRE COMBIEN DE TEMPS, TU PENSES ?
ÇA IRA PLUS VITE SI ON LE TIENT COMME ÇA ?
QUE PENSE-T-ELLE DE MOI ?
J'AI ENVIE DE CONNAÎTRE SON PASSÉ.
COMBIEN DE PERSONNES A-T-ELLE EMBRASSÉES JUSQU'À MAINTENANT ?
EH BIEN, ÇA VA QUAND MÊME PRENDRE UN PEU DE TEMPS !
DÉPÊCHE-TOI ! DÉPÊCHE-TOI !
J'AI TROP PEUR POUR LUI DEMANDER...

CHIBA …
N'ÉCRIS PAS TES NOTES PERSONNELLES SUR LE MATÉRIEL DE LA CLASSE !
TU M'ÉCOUTES ?
ÇA DEVRAIT ÊTRE POUR DEMAIN MATIN !
CE QUI VEUT DIRE…
LE PAPILLON EST SORTI DE SA CHRYSALIDE, ICHIHIKO !
OUI, LOU.
UNE PROMESSE EST UNE PROMESSE. JE VAIS TE RÉPONDRE.
AH BON ?!
SI JE T'AI EMBRASSÉE, C'EST PARCE QUE JE T'AIME.
EMBRASSONS-NOUS ENCORE …
VIVEMENT QU'IL ÉCLOSE !
MAIS…
IL VA BIEN ?
HM…
VA SAVOIR …
POUR L'INSTANT …
C'EST SANS IMPORTANCE …
POC

PAPILLON ! PAPILLON ! ♪ ♪
PETIT PAPILLON !
CLAC
DÉPÊCHE-TOI DE SORTIR ! ♪
TIENS ?
GLUP
TU ES LA FILLE DE LA DERNIÈRE FOIS ? QU'EST-CE QUE TU FAIS ?
...
LA CHRYSALIDE...

TU N'AS TOUT DE MÊME PAS...
S'IL TE PLAÎT, NE DIS RIEN AUX AUTRES !!
TOUT ÇA, C'EST À CAUSE DE TOI !
DEPUIS QUE TU ES LÀ, CHIBA A CHANGÉ !
C'EST POUR ÇA QUE J'AI JETÉ LE PAPILLON !!
JE VAIS ALLER LE CHERCHER !
ALLEZ !
TAC
CLAC
LOU, T'ES LÀ ?

TIENS ! T'ES LÀ AUSSI, ICHIKAWA ?
POURQUOI...
ELLE N'EST PLUS LÀ ?
JE VIENS VOIR ...
LA CHRYS...
HEIN ?!
POURQUOI ?!
...
HEIN ?
TU NE SERAIS PAS UN PEU ÉGOÏSTE SUR LES BORDS ?
LOU ...

C'EST MOI QUI L'AI LAISSÉ PARTIR !
HEIN ?

À L'ÉTROIT DANS CETTE BOÎTE, IL DEVAIT ÊTRE MALHEU-REUX…
ALORS JE L'AI RELÂCHÉ.
MON GRAND-PÈRE M'A TOUJOURS DIT QU'IL FAUT PRENDRE SOIN DES ÊTRES VIVANTS !
FUNA-BASHI !
JE TE LE DIRAI QUAND CE PAPILLON SORTIRA DE SA CHRYSA-LIDE !
JE T… T… T…
DEMAIN …
ON SE FICHE DE CE PAPILLON, NON ?
FINALEMENT …
J'AVAIS RAISON …
POUR ELLE …

BAH ...
C'EST SÛREMENT LA BARRIÈRE DE LA LANGUE !
CE N'ÉTAIT PAS PLUS IMPORTANT QUE ÇA.
TU NE PENSE VRAIMENT QU'À TOI !
C'EST PAS GRAVE !
EUH...
CHIBA...
TU Y VAS UN PEU FORT, LÀ...
J'Y COM-PRENDS RIEN...

VOS TRADITIONS SONT TROP COMPLIQUÉES POUR MOI !
J'Y COMPRENDS RIEN !
JE RENTRE !
FUNABASHI !
LAISSE-LA !
MAIS... !
C'EST RIEN.
DE TOUTE FAÇON, ELLE N'A QUE CHEZ MOI OÙ...
JE VIENS DU PAYS XX.
HEIN ?
ELLE NE VA TOUT DE MÊME PAS...

DAS
CHIBA !
RENTRER DANS SON PAYS !
HIC !
SNIF...
SHH
SHH
SI ICHIHIKO ME DÉTESTE, JE N'AI PLUS AUCUNE RAISON DE RESTER AU JAPON.
JE VEUX RENTRER !
SHH
OUH...
SHH
MAIS D'ABORD, JE DOIS RETROUVER CE PAPILLON !
PAPILLON, MONTRE-TOI !
JE T'AI ENFIN TROUVÉE !

OÙ EST-CE QU'ELLE EST PARTIE ?
AAH, TU PLEURES ?
LA VOILÀ !!
ET ELLE EST AVEC CE TYPE !!
IL DISAIT QU'IL ALLAIT L'EMBRASSER !
JE SUIS OCCUPÉE, LÀ...
SNIF
TON PAYS TE MANQUE, C'EST ÇA ? SI TU VEUX...
JE PEUX TE CONSOLER ...
ARRÊTE !!
POUR LOU, S'EMBRASSER, C'EST...
E...
ESPÈCE DE...
ARRÊTE, S'IL TE PLAÎT !

DANS MON PAYS ...
ON NE PEUT EMBRASSER QUE LA PERSONNE À QUI ON A DÉCIDÉ DE CONSACRER SA VIE !
HEIN ?
HAAA

ALLEZ, QUOI !
TU L'AS BIEN FAIT AVEC CHIBA !
C'EST PARCE QUE...
LAISSE TOI FAIRE ...
NON !
TOC
ICHIHIKO !
POF
PARDON POUR TOUT À L'HEURE.
J'IGNORAIS ...

LES SENTIMENTS QUE LOU AVAIENT POUR MOI...
CE QUE TU VIENS DE DIRE ME REMPLIT DE BONHEUR !
MERCI !
JE SUIS SI HEUREUX ...
N...
NE M'AP-PROCHE PAS !!
?
SHH
SHH
TAC
HOP

?
C'EST...
JE...
JE ME CONTRE-FICHE DE VOS COUTUMES !!

SA CULOTTE ?!
Ç... Ç... Ç... ÇA VA PAS !!
QU'EST-CE QUI TE PREND, IDIOTE !!
NE ME SUIS PAS !
FLAP
FLAP
ARRÊTE-TOI IMMÉDIATEMENT, S'IL TE PLAÎT !

NE REGARDEZ PAS !
ILS VONT TOUT VOIR !!
JE M'EN FICHE !!
...
TAP
J'AI COMPRIS ...

JE TE LE DIRAI QUAND CE PAPILLON SORTIRA DE SA CHRYSALIDE !
QUAND JE SUIS AMOUREUX, JE DEVIENS DISTANT.
JE FAIS LE BRAVE ALORS QUE JE NE SUIS PAS DU TOUT À L'AISE.
JE MANGERAIS BIEN DU SUKIYAKI !
JE CHANGE DE SUJET PARCE QUE JE SUIS INCAPABLE DE DIRE JE T'AIME.

MAIS EN FAIT...
C'EST AINSI QU'ON DIT BONJOUR DANS MON PAYS !
JE M'ENTRAÎNE À ÉCRIRE L'ALPHABET !
QUAND J'AURAI FAIT DES PROGRÈS, JE TE MONTRERAI !
ICHIHIKO ...

JE
TE...
DÉTESTE
!
LOU EST
PAREILLE.
Ichihiko,
je t'adore
Ichihiko,
je t'adore !

MAIS ALORS ...
ALORS ...
POC
FINALEMENT ...
QU'EST-CE QUE TU FAIS ?
JE NE MENS PAS ! JE TE DÉTESTE VRAIMENT !
TU ES COMME UN PAPILLON ! UN PAPILLON QUI FAIT CROIRE QU'IL EST VENIMEUX ALORS QU'IL NE L'EST PAS.
TU NE FAIS QUE MENTIR ALORS QU'EN RÉALITÉ, TU EN ES INCAPABLE.
PUISQUE JE TE L'AI PROMIS, JE VAIS TE DIRE LA SIGNIFICATION DE MON BAISER !

PUBLIÉ DANS LE NUMÉRO DE JUILLET 2004 DU MAGAZINE CHEESE !

Secret Boy
INTERNAT POUR GARÇONS TORIBA
DIS, ITÔ...
ÇA TE DÉRANGE QUE JE M'HABILLE COMME UN GARÇON, N'EST-CE PAS ?
HEIN ?
QU'EST-CE QUE TU RACONTES ?
JE T'AIME AU-DELÀ DE L'APPARENCE !
MAIS C'EST PAREIL POUR TOI, NON ?
HUM
OUI ! MOI AUSSI, JE T'AIME COMME TU ES !
TU LU LU LUT

VOYONS ITÔ...
ALLÔ ...
MAMAN ?
TU ME FAIS ROUGIR !
QUOI ?
MA SŒUR A FAIT UNE FUGUE ?!
OUI ! OUI ! J'ARRIVE TOUT DE SUITE !!
ITÔ ?
JE DOIS RETOURNER CHEZ MOI !
FAIS ATTENTION À TOI !
JE SUIS LÀ !! OÙ EST YÔKO ?!
KUNIO, JE T'ATTENDAIS ! VIENS PAR ICI !
D'ACCORD !!
CLAC
CLAC
PAH

...
MAMAN !
QU'EST-CE QUE C'EST QUE ÇA ?!
À PARTIR DE MAINTENANT, TU VAS PRENDRE LA PLACE DE YÔKO !
QUOI ?!
ET ALORS ?! JE SUIS UN HOMME !!
ELLE S'EST ENFUIE ALORS QU'ELLE DEVAIT ÉPOUSER UN HOMME RICHE !
QUELLE IDIOTE !
ÇA VA ALLER ! GRÂCE AUX AVANCÉES DE LA MÉDECINE MODERNE...
ITÔ ?
QUE TU FAIS LÀ ?
TAKANASHI !
ARRÊTE-LA, S'IL TE PLAÎT !!
JE NE PEUX PAS !
POURQUOI ?!

OUH...
PARCE QUE C'EST DÉJÀ TROP TARD !
?!
ぽんっ
BOING
...
QU...
DIS ...
TU CONTINUERAS DE M'AIMER, HEIN ? MÊME COMME ÇA ?
VOYONS, ITÔ !
TSS
TU T'EN DOUTES BIEN, NON ?
TAKANASHI ...

J'AI DIT QUE JE T'AIMAIS QUELLE QUE SOIT TON APPARENCE MAIS...
AVEC UN CORPS PAREIL...
HUM...
...
À QUOI PEUT-IL BIEN RÊVER ?
IL EST MIGNON !
TRAÎTRE ! TU NE PEUX PAS ME FAIRE ÇA !
Secret Boy fin
PUBLIÉ DANS LE NUMÉRO DE MARS 2005 DU MAGAZINE CHEESE !

BOKU NI NATTA WATASHI
by AKO SHIMAKI

Original Japanese edition
published in 2005
by Shogakukan Inc., Tokyo
French translation rights arranged
with Shogakukan Inc.
through The Kashima Agency

**Édition française :**


3/5/7, rue Albert Marquet
75020 Paris

**site internet :** www.asuka.fr
**Email :** info@asuka.fr

**Traduction :**
Sonia Verschueren
**Adaptation & correction :**
Adeline Fontaine
**Lettrage & maquette :**
GB One
**Supervisation graphique :**
Saloua Okbani & JB Mongin
**Couverture :**
din

Achevé d'imprimer en France en août 2008
sur les presses de l'imprimerie Hérissey
(groupe CPI) à Évreux.

Dépôt légal : septembre 2008

Les ouvrages Asuka sont diffusés
et distribués par Interforum Editis.